# CATALOGUE

# DE LIVRES

PROVENANT DE LA

## BIBLIOTHÈQUE D'UN ANCIEN MINISTRE.

## ORDRE DES VACATIONS.

—

PREMIÈRE VACATION. — *Lundi 2 décembre 1867.*

Nᵒˢ 1 à 173.

DEUXIÈME VACATION. — *Mardi 3 décembre.*

Nᵒˢ 174 à la fin.

QUELQUES LOTS.

. .. ... . ..

## CONDITIONS DE LA VENTE.

Il y aura exposition chaque jour de vente de 2 heures à 4 heures.
Les acquéreurs payeront 5 p. $^{0}/_{0}$ en sus des enchères.

Paris. — Imprimerie de Ad. Lainé et J. Havard, rue des Saints-Pères, 19.

# CATALOGUE

# DE LIVRES

PROVENANT DE LA

## BIBLIOTHÈQUE D'UN ANCIEN MINISTRE

DONT LA VENTE AURA LIEU

LE LUNDI 2 DÉCEMBRE 1867 ET JOUR SUIVANT
*à 7 heures du soir,*

**Ruc des Bons-Enfants, 28, maison Silvestre**

Par le ministère de Mᵉ Delberguf-Cormont, commissaire-priseur
Rue de Provence, 8.

Coustumier de Normandie, gothique.
Montaigne, 1595, in-fol.
Voyage de Champlain. — Voyages de l'Astrolabe
et de la Coquille. — Neptunes.
Collections des Mémoires de Guizot, de Buchon
et de Petitot.
Description de l'Égypte. — Chevillard.
Le Père Anselme, ex, de Mᵐᵉ de Pompadour, etc.

PARIS

ADOLPHE LABITTE, LIBRAIRE

QUAI MALAQUAIS, 5.

—

1867

# CATALOGUE

# DE LIVRES.

## THÉOLOGIE.

1. Biblia sacra, vulgatæ editionis Sixti V. *Parisiis,* 1733, in-8, maroq. noir.

2. Heures nouvelles, contenant les prières du matin et du soir, la sainte messe, les sept psaumes de la pénitence, et plusieurs belles oraisons. *Paris,* 1712, pet. in-4, maroq. noir, tr. d.
   Manuscrit sur vélin, avec ornements à la plume.

3. Etude littéraire sur saint Basile, par Eug. Fialon. *Paris,* 1861, in-8, br.

4. Etude historique et littéraire sur saint Basile, suivie de l'Hexaméron, traduit par Eug. Fialon. *Paris, A. Durand,* 1865, in-8, br.

5. De Imitatione Christi libri quatuor, autore Thomâ à Kempis. *Edimb.,* 1757, in-24, v. j.

6. Traité de l'estat honneste des chrétiens en leur accoustrement (par Lambert Daneau). *Par Jean de Laon,* 1580. — Deux Traités de Florent Tertullien : l'un des parures, l'autre des habits et accoustrements des femmes chrétiennes. *Genève, Jean de Laon,* 1580. — Traité des danses, auquel est amplement résolue la question à savoir s'il est permis aux Chrestiens de danser. 1580, 3 parties en 1 vol. pet. in-8, parch.

7. Exposition de la doctrine de l'Eglise catholique,
par messire J.-B. Bossuet. *Paris, Séb. Cramoisy*,
1671, in-12, v. br.

> Édition originale. 189 pages.

8. Théologie dogmatique, ou Exposition des preuves
et des dogmes de la religion catholique, par le
cardinal Gousset, archevêque de Reims. *Paris*,
1861, 2 vol. in-8, br.

9. De l'Esprit des religions, par Alexis Dumesnil.
*Leblanc*, 1810, in-8, d.-rel.

10. Du Pape, par le comte Joseph de Maistre. *Lyon*,
*Rusand*, 1821, 2 vol. in-8, pap. vélin, bas.

11. Les Soirées de Saint-Pétersbourg, par le comte
Joseph de Maistre. *Paris, Schoell*, 1821, 2 vol.
in-8, bas.

12. Histoire des variations des églises protestantes,
par messire Jacq.-Bénigne Bossuet. *Paris. Séb.
Cramoisy*, 1688, 2 vol. in-4, bas. (*Edition originale.*)

13. Histoire générale des églises évangéliques des
vallées de Piémont ou vaudoises, par Jean Léger.
*Leyde*, 1669, in-fol., fig., v. br.

14. Origine de tous les cultes, par Dupuis. *Paris*,
1795, 4 vol. in-4, d.-rel., y compris l'atlas.

15. Les Francs-Maçons écrasés. — De l'Origine des
francs-maçons et de leur doctrine. *Amst.*, 1747,
in-12, fig., v. fauve. — Recueil précieux de la
maçonnerie adanhiramite. *Philadelphie*, 1786,
pet. in-12. fig, br.

16. Essai sur la secte des illuminés, par de Luchet.
*Paris*, 1792, in-8, br. — Le Voile levé pour les
curieux, 1792, in-8, br. — De l'Influence attri-
buée aux philosophes et aux illuminés, par Mou-
nier. *Tubinge*, 1801, in-8, br.

17. Explication de divers monuments singuliers qui
ont rapport à la religion des anciens peuples, par
Dom Martin. *Paris*, 1739, in-4, v., fig.

18. Considérations sur les oracles, les sibylles et les prophètes, par Théod. Bouys. *Paris*, 1806, in-8, d.-rel.

19. Essai sur le feu sacré et sur les vestales. *Paris*, 1768, in-8, br.

---

# JURISPRUDENCE.

20. Corpus juris civilis romani, cum notis D. Gothofredi. *Coloniæ Munatianæ*, 1756, 2 vol. in-fol. v.

21. Justiniani Institutiones, studio Arn. Vinnii. *Amstelod.*, *Elzev.*, 1663. pet. in-12, vélin. — B. Schotani examen juridicum quo fundamenta jurisprudentiæ Digestorum explicantur. *Lugd. Batav.*, *Elzev.*, 1658, in-12, v.

22. Histoire de la jurisprudence romaine, par Ant. Terrasson. *Paris*, 1750, in-fol. v. m.

23. Loi salique, ou Recueil contenant les anciennes rédactions de cette loi et le texte connu sous le nom de *Lex emendata*, par M. Pardessus. *Impr. royale*, 1843, in-4, br.

24. Principes du droit naturel, par Burlamaqui. *Genève*, 1748, 2 t. en 1 vol. pet. in-8, v. m.

25. Le Grand Coustumier du pays et duché de Normandie, très-utile et profitable à tous practiciens, avec plusieurs additions. *Nouvellement imprimé à Rouen, par Nic. Le Roux, pour Fr. Regnault, libraire juré de l'Université de Paris, etc.*, 1539, in-fol. goth. parch.

26. Traité des fiefs, à l'usage de la province de Normandie, par De la Tournerie. *Paris*, 1763, in-12, v. m.

27. Dissertations féodales, par Henrion de Pansey. *Paris,* 1789, 2 vol. in-4, bas.

28. Institutes coutumières d'Antoine Loysel. *Paris,* 1846, 2 vol. in-12, br.

29. Barn. Brissonii opera varia. *Parisiis,* 1607, in-4, parch.

30. Plaidoyer de Me J. Corbin, avocat en parlement. *Paris,* 1610, in-8, v. br. fil. (*Armoiries.*)

31. OEuvres d'Omer et Denis Talon, publiées par Rives. *Egron,* 1821, 6 vol. in-8, br.

32. OEuvres du chancelier d'Aguesseau. *Paris,* 1759, 12 vol in-4, v. m.

33. Lettres inédites du chancelier d'Aguesseau, publiées par Rives. *Impr. royale,* 1823, in-4, br.

34. Recueil des arrêts de M. le premier président de Lamoignon. *Paris,* 1777, in-4, maroquin rouge, tr. d. *Aux armes de M. de Miromesnil.*

35. OEuvres choisies de Servan, avocat général au parlement de Grenoble. *Liége,* 1819, 2 vol. in-8, cartonnés.

36. Lettres sur la profession d'avocat, par Camus, 1805, 2 vol. in-12, br.

37. Histoire des avocats du barreau de Paris, par Fournel, 1813, 2 vol. in-8, bas.

38. Vies des plus célèbres jurisconsultes, par Taisan. *Paris,* 1737. in-4, v. m.

39. Mémoires à consulter pour Caron de Beaumarchais contre Goezman et autres, 2 vol. in-4, reliés.

40. Histoire du droit municipal en France, par Raynouard, de l'Académie française. *Paris,* 1829, 2 vol. in-8, br.

41. Traité des actions publiques et privées qui naissent des contraventions, des délits et des crimes, par **Le Sellyer**, avocat. *Paris, Thorel,* 1842-44, 6 vol. in-8, br.

42. Commentaires sur l'ordonnance de la marine du mois d'août 1681. *La Rochelle*, 1796, 2 vol. in-4, v. m.

43. La Science de la législation, ouvrage traduit de l'italien de Filangieri, par Gallois. *Paris*, 1786, 7 vol. in-8, d.-rel.

44. Beccaria. Dei delitti e delle pene. *Parigi, Molini*, 1780, in-12, v. éc. fil. — Le même ouvrage traduit, 1784, in-12, bas.

45. Théorie des peines et des récompenses, ouvrage extrait de Bentham, par Dumont. *Paris*, 1818, 2 vol. in-8, bas.

46. Traité sur le ministère public et ses fonctions, par Fr. Schenck. *Paris, Fournier*, 1813, 2 vol. in-8, d.-rel.

47. **Des Pouvoirs et des obligations des jurys**, par **Richard** Philips, traduit par Comte. *Paris*, 1819, in-8, **d.** v.

# SCIENCES ET ARTS.

48. Leçons de philosophie, par Laromiguière. *Paris*, 1826, 2 vol. in-8, br.

49. Platon. Ses œuvres (Dialogues choisis), trad. avec des remarques, par Dacier. *Paris*, 1699, 2 vol. in-12, v.

50. Ciceronis libri de Officiis, de Senectute, de Amicitia, etc. *Venetiis, Aldus*, 1519, pet. in-8, d.-rel. — Ejusdem Acad.; De finibus bonorum et malorum; Tuscul. quæstiones. *Venetiis, Aldus*, 1546, pet. in-8, v. **br.**

51, LES ESSAIS DE MICHEL, SEIGNEUR DE MONTAIGNE. *Paris, Abel Langelier,* 1595, in-fol., v. fil.

Première édition avec la Préface de M^lle de Gournay. Piqûre dans la marge inférieure. Exemplaire sans les cartons des pp. 63-64 et 69-70.

52. Palingénésie philosophique, ou Idées sur l'état passé et futur des êtres vivants, par Ch. Bonnet. *Amst.,* 1769, 3 vol. in-12, bas.

53. Essai sur l'homme, ou Accord de la philosophie et de la religion, par Ed. Alletz. *Paris,* 1829, 2 vol. in-8, cartonnés.—Esquisses de la souffrance morale, par le même. 1828, in-8, cart.

54. Connaissance de l'homme moral par celle de l'homme physique, par Pernety. *Berlin,* 1776. — Observations sur les maladies de l'âme, par le même. 1777. — Ensemble, 3 vol. in-8, d.-rel.

55. Des Passions, par M^me Thiroux d'Arconville. *Londres (Paris),* 1764, gr. in-8, fig. bas.

56. Le Spectateur, traduit de l'anglais de Steele et Addison. *Paris,* 1754, 9 vol. in-12, v. m.

57. Les Veilles de Barthel. Arnigio. De la Correction des coustumes, la manière de vivre et mœurs de la vie humaine. *Troyes, P. Chevillot,* 1608, pet. in-12, parch.

58. Recherches sur la nature et les causes de la richesse des nations, trad. d'Adam Smith, par Blavet. *Paris,* 1800, 4 vol. in-8, d.-rel.

59. Histoire financière de la France, par Bailly. *Paris,* 1830, 2 vol. in-8, pap. vélin, cartonnés.

60. Essai sur l'emploi du temps, par Jullien. *F. Didot,* 1810, in-8, bas.

61. Traité de physique, par Haüy. *Paris,* 1803, 2 vol. in-8, fig. bas.

62. Recherches sur les découvertes microscopiques et la génération des corps organisés, par Spallanzani. — Rech. physiques sur la nature et la reli-

gion, par Needham. *Paris, Lacombe*, 1769, 2 tomes en 1 vol. in-8, v. m.

63. Éléments d'électricité et de galvanisme, par G. Singer, traduit par Thillaye. *Bachelier*, 1817, in-8, d.-rel.

64. Voyage du monde, de Descartes (par le P. Daniel). *Paris*, 1690, in-12, v. br.

65. Traité élémentaire sur le fluide électro-galvanique, par De Luc. *Paris, Nyon*, 1804, 2 vol. in-8. br. fig.

66. Traité de chimie, par Thenard. 1824, 5 vol. in-8, bas.

67. Traité complet de la distillation des principales substances qui peuvent fournir de l'alcool, par A. Payen. *Paris*, 1858, in-8, br. 14 planches.

68. Traité de minéralogie, par Haüy. *Paris, Bachelier*, 1822, 4 vol. in-8, bas. et atlas in-4, d.-rel.

69. Traité des diamants et des perles, par David Jeffries. *Paris, De Bure et Tillard*, 1753, in-8, v. m. 10 planches.

70. Tableau élémentaire de l'histoire naturelle des animaux, par Cuvier. *Paris*, 1798, in-8, br.

71. Éléments des sciences naturelles, par Constant Duméril. *Paris*, 1830, 2 vol. in-8, d.-rel.

72. Dictionnaire classique d'histoire naturelle, par Audouin, de Candolle et autres. *Paris, Rey et Gravier*, 16 vol. in-8 de texte, et 1 vol. de planches coloriées.

73. OEuvres complètes de Buffon, mises en ordre par Richard. *Paris, Baudouin*, 1827, 28 vol. — Histoire des progrès des sciences naturelles, par G. Cuvier. 1828, 4 vol. — Complément, par P. Lesson. 1828-36, 10 vol. — Ensemble, 42 vol. in-8, br. (*Figures coloriées.*)

74. Glossaire de botanique, ou Dict. étymologique de tous les noms et termes relatifs à cette science,

par Alex. de Théis. *Dufour*, 1810, in-8, d. v. vert.

75. Dioscoridis libri octo, gr. et lat. *Parisiis*, 1549, in-8, v. fauve.

76. Commentaires de P.-André Matthiole sur les six livres de Dioscoride, traduits par J. des Moulins. *Lyon, G. Roville*, 1579, in-fol. v. (*Fig. sur bois.*)

77. Flore française, par de Lamarck et de Candolle. *Paris, Desray*, 1815, 6 vol. gr. in-8, fig. d. ch. r.

78. Flore française, par Boisduval. *Paris, Roret*, 1828, 3 vol. in-18, d.-rel.

79. La Flore des environs de Paris, par Thuillier, 1799, in-8, br. — Tableau des systèmes de botanique, par Fontenille. *Lyon*, 1798, in-8, d.-rel.

80. Choix des plus belles fleurs, par Redouté. *Paris*, 1827, in-4, 24 livraisons, figures coloriées.

    Incomplet.

81. Histoire des plantes du Dauphiné, par Villars. *Grenoble*, 1786, 3 vol. gr. in-8, fig. bas.

82. Der geoffnete Blumengarten, herausgg. von Carl Batsch. *Weimar*, 1798, in-8, cartonné.

    *Cent planches coloriées.*

83. Cours complet d'agriculture, ou Nouveau Dictionnaire d'agriculture, par MM. de Morogues, Mirbel, Héricart de Thury, Payen et autres. *Paris, Pourrat*, 1834-40, 18 vol. gr. in-8 br. et 18 livr. de planches.

84. Cours de culture et de naturalisation des végétaux, par André Thouin. *Paris, Huzard*, 1827, 3 vol. in-8 et atlas in-4, br.

85. Le Jardinier-fruitier, principes simplifiés de la taille des arbres fruitiers, par Eug. Forney. *Paris*, 1862, 2 vol. in-8, br. (*Figures dans le texte.*)

86. Manuel entomologique pour la classification des lépidoptères de France, par Lalanne. *Paris*, *Levrault, s. d.*, in-8, fig. bas.

87. Histoire des polypiers coralligènes flexibles, nommés zoophytes, par Lamouroux. *Caen*, 1816, in-8, br. 12 pl.

88. Histoire des insectes utiles ou nuisibles à l'homme, par Buchoz. *Paris*, 1784-85, 2 vol. in-12, br.

89. Histoire abrégée des insectes des environs de Paris, par C. Walckenaer. *Dentu*, 1802, 2 vol. in-8, d.-rel.

90. Histoire de la médecine, par Daniel Le Clerc. *La Haye*, 1729, in-4, v.

91. Aphorismes et autres ouvrages d'Hippocrate, traduits du grec, par de Mercy. *Paris*, 1811-29, 8 vol. in-12, cart. et br.

92. J. Weckeri libri de secretis, ex variis autoribus collecti. *Basileæ*, 1750, in-8, br.

93. Anecdotes historiques sur la médecine, la chirurgie et la pharmacie (par M. Sue). *Paris*, 1785, 2 vol. in-12, d.-rel.

94. La Santé universelle, guide médical des familles, par les D$^{rs}$ J. Massé et H. Cotin. *Paris*, 1852-60, 9 tomes en 5 vol. gr. in-8, figures.

95. Gymnastique médicale, ou l'Exercice appliqué aux organes de l'homme, par Ch. Londe. *Paris*, 1821, in-8, d. v.

96. Nouvel Essai sur la mégalanthropogénésie, ou l'art de faire des enfants d'esprit qui deviennent de grands hommes, par Robert Le Jeune. *Paris*, 1803, 2 vol. in-8, br.

97. Lettres sur la certitude des signes de la mort, par Louis. *Paris*, 1752, in-12, v. m. — Dissertation sur l'incertitude des signes de la mort, par Brayer. *De Bure,* 1769, 2 vol. in-12, v. m.

98. Traité de toxicologie, par Orfila. *Paris*, 1852, 2 vol. gr. in-8, br.

99. Deux Livres des venins, par J. Grevin, de Clermont en Beauvaisis. — Nicandre, médecin et poëte grec, traduit en vers, par le même. *Anvers, Plantin,* 1567-68, in-4, non relié. (*Fig. sur bois.*)

100. M. A. Severini vipera pythia, id est de viperæ natura, veneno, etc. *Patavii,* 1651, in-4, v. br.

101. Expériences sur la vipère, par Charas. *Paris,* 1672, in-8, fig., v. br.

102. Vers solitaires représentés en plusieurs planches. *Paris,* 1718, in-4, v., fig. — Précis du traitement contre les ténia, pratiqués à Morat, en Suisse. *Rouen,* 1775, broch. in-4.

103. Eléments de l'art vétérinaire, par Bourgelat. *Paris, Huzard,* 1803, in–8, br. (*Fig. et portrait.*)

104. Dictionnaire d'hippiatrique, par Lafosse. *Paris,* 1775, 2 vol. in-8, bas.

105. Les Eléments de l'artillerie concernans tant la théorie que la pratique du canon, enrichis de l'invention d'une nouvelle artillerie qui ne se charge que d'air ou d'eau pure, et a néanmoins une force incroyable; plus, d'une nouvelle façon de poudre à canon très-violente qui se faict d'or, par un artifice non communiqué jusques à présent, le tout par le sieur Flurence Rivault. *Paris,* 1608, in-8, parch. (*Figures en bois dans le texte*).

106. Tractatus posthumus Jani Jacobi Boissardi de divinatione et magicis præstigiis. *Oppenheimii, s. a.,* in-fol. v. br. (*Figures de J. Théod. de Bry.*)

107. Polygraphie et universelle escriture cabalistique de Trithème, traduicte par Gab. de Collange. *Paris, J. Kerver,* 1561, in-4, v. m.
<br>Figures cabalistiques gravées sur bois.

108. La Magie blanche dévoilée, par Decremps. *Paris,* 1784, in-8, fig., br.— Télescope de Zoroastre,

ou Clef de la grande cabale divinatoire des mages. 1796, in-8, br. fig.

109. Iconographie des contemporains depuis 1789 jusqu'en 1820. *Paris, Delpech, s. d.*, 41 livraisons in-fol.

110. An original and condensed Grammar of harmony and musical composition, or the generation of euphony reduced to natural truth, by Chaluz de Vernevil. *London*, 1850, gr. in-8, cartonné.

111. Traité des tournois, joustes, carrousels et autres spectacles publics, par le P. Menestrier. *Lyon*, 1669. — De l'Art des devises, par le P. Le Moine. *Paris*, 1666. — 2 ouvrages en 1 vol. in-4, *figures,* maroq. bleu, tr. d. (*Anc. rel.*)

Bel exemplaire.

112. Apicii Cœlii de Obsoniis, sive de arte coquinaria, libri decem, cum annotationibus Martini Lister. *Amstelod.*, 1709, pet. in-8, v.

113. Essai sur le jeu des échecs, par Ph. Stamma, natif d'Alep, en Syrie. *La Haye*, 1741, pet. in-12, v. fil.

114. Analyse du jeu des échecs, par Philidor. *Londres*, 1777, in-8, d.-rel.

# LITTÉRATURE.

115. Grammaire des grammaires, par Girault-Duvivier. *Paris,* 1827, 2 vol. in-8, bas.

116. Dictionnaire étymologique de la langue française, par Ménage. Nouvelle édition, augmentée par

Jault. *Paris, Briasson*, 1750, 2 vol. in-fol., d.-rel.

117. Les Poésies d'Anacréon et de Sapho, traduites avec le texte en regard et des remarques, par Mad. Dacier. *Amst.*, 1716, pet. in-8, v.

118. J.-C. Scaligeri Poetices libri septem. 1586, in-8, vélin.

119. Virgilii opera, cum notis Servii et diversorum, edidit Masvicius. *Leovardiæ*, 1717, 2 vol. in-4, fig., vélin.

120. Les OEuvres de Virgile Maron, traduites en vers, par Robert et Ant. Le Chevalier d'Agneaux frères, de Vire, en Normandie. *Paris*, 1607, in-8, parch.

121. Q. Horatius Flaccus, cum D. Lambini commentariis, nunc primum in lucem editus. *Lugduni, apud Tornæsium*, 1561, in-4, vélin.

122. Q. Horatii poemata, notis illustrata à Joanne Bond. *Aurelianis, Couret de Villeneuve*, 1767, in-12, v. fauve, tr. d.

123. Catullus, Tibullus et Propertius. *Lugd.-Batav. (Parisiis)*, 1743, in-12, v. fil. tr. d.

124. Catulle, Tibulle et Gallus, texte latin, avec une traduction par le marq. de Pezai. *Paris*, 1771, 2 vol. gr. in-8, br.

125. Ovidii opera, cum commentariis. *Basileæ, per Hervagium*, 1549, in-fol., d.-rel.

126. Phædri fabulæ, edidit Joh. Laurentius, cum notis variorum. *Amstelod.*, 1667, in-8, v. b. (*Figures.*)

127. Fabularum Æsopiarum libri V, autore Desbillons. *Glasg.*, 1754, pet. in-8, v. m.

128. Martialis epigrammatum libri XV, Laurentii Ramirez de Prado commentariis illustrati. *Parisiis*, 1607, in-4, v. m.

129. Martialis epigrammata, cum notis variorum. *Lugd.-Batav.*, 1656, in-8, v. br.

130. Marulli epigrammata et hymni. — Joannis Secundi opera. *Parisiis*, 1561, in-16, parch. — Buchanani poemata, *Lugd.-Batav.*, *Elzev.*, 1628, in-24, vélin.

131. J. Santolii carmina. *Parisiis*, 1698, in-12, v.

132. Ren. Rapini carmina. *Parisiis*, *Barbou*, 1723, 3 tomes en 1 vol. in-12, v. br.

133. Essais historiques sur les bardes, les jongleurs et les trouvères, par l'abbé de La Rue. *Caen*, *Mancel*, 1834, 3 vol. in-8, br.
   Exemplaire sur grand papier vélin.

134. Le Roman de la Rose, par Guillaume de Lorris et Jean de Meun. *Amst.*, 1735, 3 vol. in-12, v. m.

135. Poésies de Malherbe. *Paris*, *Barbou*, 1757, in-8, bas, (*Portrait par Fessard.*)

136. Les OEuvres du sieur de Saint-Amant. *Paris*, *Robert Estienne*, 1629, in-4, vélin.

137. Les Satyres du sieur de Courval-Sonnet, gentilhomme virois. *Paris*, 1621. — Satyre Ménipée sur les poignantes traverses du mariage, par le même. 1621, in-8, parch.
   Édition originale.

138. Contes et nouvelles en vers, par La Fontaine. *Sur l'imprimé, à Amsterdam*, 1701; 2 tomes en 1 vol. in-12, maroq. rouge. (*Figures copiées sur celles de Romain de Hooge.*)

139. Les Saisons, poëme, par Saint-Lambert. *Amst.*, 1739, in-8, d.-rel. (*Fig. et vignettes par Gravelot, Saint-Aubin et Choffard.*)

140. Las Obros de Pierre Goudelin. *A Toulouso*, 1694, in-12, v.

141. Opere di Dante Alighieri, con una dichiarazione del senso naturale (dal padre P. Venturi).

*Venezia, Pasquali,* 1739-41, 4 vol. in-8, v. m. fil. tr. d.

142. L'Enfer du Dante, traduction, avec le texte et des notes, par Moutonnet de Clairfons. *Paris,* 1776, in-8, v. fil.

143. Orlando furioso di Lodovico Ariosto, con le annotationi di Girolamo Ruscelli. *In Venetia, Vincenzo Valgrisi,* 1566, in-8 sur deux colonnes, v. fauve. (*Nombreuses figures sur bois.*)

144. Orlando furioso di Lodovico Ariosto. *In Venetia,* 1594, pet. in-4, bas. (*Fig. sur bois.*)

145. Delle satire e rime del divino Ludovico Ariosto libri II. *Amburgo,* 1732, in-8, portrait, v. fauve.

146. Il Petrarca, con l'espositione di Alessandro Velutello. *In Venetia,* 1573, in-4, vélin.

147. Aminta, favola di Torquato Tasso. *Parigi, Prault,* 1768, pet. in-12, br.

148. Orlandino di Limerno Pitocco. *Parigi, Molini,* 1772, pet. in-12, bas.

149. Le Seau enlevé, traduit de l'italien du Tassoni, avec le texte en regard. *Paris,* 1759, 3 tomes en 2 vol. pet. in-12, v.

150. Essai sur l'homme, par Alex. Pope. Texte anglais, avec une traduction française, par Silhouète. *Lausanne,* 1745, in-4, v. m. (*Fig et portraits.*)

151. Les Lusiades, poëme du Camoëns, traduit du portugais, par Millié. *Paris, F. Didot,* 1825, 2 vol. in-8, br.

152. Comedia del sacrificio de gli intronati, celebrato ne i giuochi d'un carnovale in Siena. *In Venetia,* 1567, pet. in-12, parch.

153. Poesie di P. Metastasio. *Parigi,* 1773, 6 vol. pet. in-12, v. fil. tr. d.

154. Daphnis et Chloé, traduction du grec, par Amyot. *Londres* (*Paris, Cazin*), 1780, in-18, v. éc. tr. d.

155. L'Argenis de J. Barclay, traduction nouvelle. *Paris, N. Buon*, 1625, pet. in-8, parch. *Portraits par Mellan et figures par L. Gaultier.* — Argenidis secunda et tertia pars. *Parisiis*, 1669, in-8, v. deut.

156. La Télémacomanie, ou Critique du roman intitulé: les Aventures de Télémaque, par Faydit. *A Eleuthérople (Rouen)*, 1700, in-12, v. br.

157. Le Roman bourgeois, ouvrage comique (par Furetière). *Paris, Denis Thierry*, 1666, in-8, v. m.

Edition originale.

158. Angola, histoire indienne, suivie d'Acajou et Zirphile, conte. *Londres (Cazin)*, 1781, 2 vol. in-18, v. fil. tr. d.

159. Les Folies du siècle, par Lourdoueix. *Paris, Pillet*, 1817, in-8, d. rel. fig.

160. Le Paysan perverti, ou les Dangers de la ville, par Rétif de la Bretone. *Paris*, 1776, 4 tomes en 2 vol. in-12, v.

161. Voyage dans mes poches. *Genève et Paris*, 1799, in-12. br.

162. Il Decamerone di G. Boccaccio. *Londra*, 1727. 2 vol. in-12, v. fauve.

163. Il Philopeno, il qual narra de la vita di Florio e di Biancofiore, di messer Giovanni Boccaccio. *In Venezia*, 1527, pet. in-8, v. m.

164. Les Mille et une Nuits, contes arabes, traduits par Galland. *Paris, Bourdin, s. d.* Edition illustrée, 3 vol. gr. in-8, d.-rel. fig.

165. L'Esprit des Ana, ou de Tout un peu, par J. Grasset Saint-Sauveur. *Paris, Barba*, 1801, 2 vol. in-12, br.

166. Commentarius Pauli Manutii in epistolas Ciceronis ad Atticum, ad Quintum fratrem et ad Bru-

tum. *Venetiis, Aldus*, 1561-62, 2 tomes en 1 vol. in-8, v. br.

167. J. Scaligeri epistolæ. *Lugd. Batav.*, 1627, pet. in-8, vélin.

168. OEuvres de Plutarque, traduites du grec par Amyot, avec des notes par Brotier et Vauvilliers. *Paris, Cussac*, 1801, 25 vol. in-8, figures, bas.

169. Bibliothèque latine - française, publiée par Panckoucke. 98 vol. in-8, brochés.

César, Cicéron, Cornél. Népos, Florus, Juvénal, Justin, Pline l'Ancien, Pline le Jeune, Quinte-Curce, Quintilien, Salluste, Stace, Tacite, Térence, Valérius Flaccus, Valère Maxime, Velléius Paterculus.

170. Menagii miscellanea. *Parisiis*, 1652, in-4, v. fil. *Portrait de Ménage, gravé par Nanteuil.*

171. OEuvres complètes de Voltaire. *Paris, Lequien*, 1820-26, 70 vol. in-8, d.-rel. dos de veau. (*Portrait.*)

172. OEuvres de Bernardin de Saint-Pierre. *Paris, Méquignon-Marvis*, 1818, 12 vol. in-8, fig. veau vert, dent. à froid. (*Simier.*)

173. Opere di Machiavelli. *Filadelfia*, 1796, 6 vol. in-8, bas.

—

# HISTOIRE.

—

GÉOGRAPHIE. — VOYAGES. — HISTOIRE ANCIENNE.

174. Méthode pour étudier l'histoire, avec un catalogue des principaux historiens et le choix des meilleures éditions, par Lenglet du Fresnoy. *Paris*, 1729, 6 vol. in-4, v. fauve. (*Cartes.*)

175. Résumé d'un cours élémentaire de géographie physique, par Lamoureux. *Caen*, 1821, in-8, d.-reliure.

176. Histoire générale des voyages, par La Harpe. *Paris*, 1780, 21 vol. in-8, et atlas in-4, d.-rel.

177. Les Voyages du sieur de Champlain, ou Journal très-fidèle des observations faites ès-découvertes de la Nouvelle-France. *Paris*, 1613, in-4, cartonné, fig.

178. Relation des voyages entrepris par les capitaines Cook, Carteret et Wallis. *Paris*, 1774, 15 vol. in-8, bas., et deux atlas in-4, d.-rel.

179. Voyage de La Pérouse autour du monde, rédigé par Milet-Mureau. *Paris*, 1797, 4 vol. gr. in-4, et atlas gr. in-fol. v. rac. fil.

180. Voyage autour du monde, par Étienne Marchand. *Paris*, 1798, 4 vol. in-4, y compris l'atlas, v. rac. fil. fig.

181. Voyage de découvertes à l'océan Pacifique du Nord et autour du monde, par G. Vancouver. *Paris*, 1800, 3 vol. gr. in-4, et atlas gr. in-fol., v. rac. fil.

182. Voyage de Dentrecasteaux, envoyé à la recherche de La Pérouse. *Paris, Impr. impériale*, 1808, 2 vol. gr. in-4, et atlas gr. in-fol. v. rac. fil.

183. Voyage de découvertes aux terres australes, sous le commandement du capitaine Baudin, et rédigé par F. Péron. *Paris, Impr. impériale*, 1807-1815, 3 vol. gr. in-4, de texte; 2 vol. pet. in-fol. pour l'atlas historique, et 1 vol. gr. in-fol. pour l'atlas nautique. Ensemble 6 vol. reliés en veau, rac. fil.

184. Voyage autour du monde, par Louis de Fraycinet (Navigation et hydrographie). *Paris*, 1826, 2 vol. gr. in-4, et atlas gr. in-fol. v. rac. fil.

185. Voyage de la corvette *l'Astrolabe*, pendant les années 1826-1829, par Dumont-d'Urville. *Paris*, 1830 *et années suiv.*, 22 part. in-8 et 4 part. in-4 de texte et atlas ( historique, hydrographique, botanique et zoologique), in-fol. en feuilles. *Fig. sur chine et coloriées*.

Historique. 5 tomes en 10 vol. in-8 de texte, et atlas de 243 pl. — Zoologie. 4 tomes en 6 part. de texte et 5 part. d'atlas. — Entomologie. 2 vol. in-8 de texte et un atlas. — Botanique. 2 vol. in-8 de texte et un atlas, fig. noires. — Physique, Hydrographie. 4 p. in-4 et atlas in-fol. — Philologie. 2 vol. in-8.

186. Voyage autour du monde, exécuté sur la corvette *la Coquille*, par Duperrey. *Paris*, 1829. — Zoologie, 2 vol. in-4 de texte et atlas, de 153 pl. coloriées. — Atlas historique, 80 pl. coloriées. — Atlas hydrographique, 1 vol. in-fol.

On joindra à ces parties complètes l'atlas de la botanique, incomplet de 10 pl., et des parties du texte incomplètes.

187. Voyage au pôle boréal, traduit de l'angl., de J. Phipps. *Paris*, 1775, in-4, v. rac. dent. fig.

188. Premier et second Voyage dans l'intérieur de l'Afrique, par le cap de Bonne-Espérance , par F. Levaillant. *Paris, Jansen,* 1790-96, 3 vol. in-4, fig. d.-rel.

189. Voyage en Portugal, par Murphy. *Paris*, 1797, in-4, fig. d.-rel.

190. Le Petit Atlas maritime. Recueil de cartes et de plans des quatre parties du monde, par Bellin. 1764, 5 vol. gr. in-4, v. rac. fil.

191. Neptune des côtes septentrionales d'Europe. gr. in-fol. d.-rel. mar.

192. Pilote français, 2 vol. gr. in-fol. d.-rel. mar.

193. Neptune des côtes occidentales de France, gr. in-fol. d.-rel. mar.

194. Neptune des côtes occidentales d'Espagne, de Portugal et d'Afrique. gr. in-fol. d.-rel. mar.

195. Neptune des îles Britanniques, gr. in-fol. d.-rel. mar.

196. Recueil de plusieurs plans des ports et rades, et de quelques cartes particulières de la mer Méditerranée, levé par Ayrouard, pilote des galères du Roy, gr. in-4, v. fil., 80 planches.

197. Neptune de la Méditerranée, gr. in-fol. d.-rel. mar.

198. Neptune de la côte occidentale et du grand archipel d'Asie, gr. in-fol. d.-rel. mar.

199. Neptune oriental et supplément, 2 vol. gr. in-fol. d.-rel. mar.

200. Neptune de la côte occidentale d'Amérique sur le Grand Océan, gr. in-fol. d.-rel. mar.

201. Neptune de l'Amérique septentrionale et méridionale. 2 vol. gr. in-fol. rel. mar.

202. Instructions nautiques, routiers, pilotes, etc., publiés par le ministère de la marine. 28 vol. in-4 et in-8, d.-rel. mar.

203. Essai sur l'histoire de l'esprit humain dans l'antiquité, par Rio. *Paris, Mesnier*, 1829, 2 vol. in-8, papier vélin, d. v. vert.

204. Histoire des Juifs, écrite par Flavius Josèphe, traduite du grec par Arnauld d'Andilly. *Amst.*, 1681, in-fol. fig. v. br.

205. Recherches sur les antiquités judaïques. Examen critique d'une notice sur le séjour des Hébreux en Egypte, insérée par M. Dubois-Aymé dans la description de l'Egypte, par Garapon. *Lyon*, 1830, in-8, v. vert.

206. Voyage d'Anacharsis en Grèce, par Barthélemy. *Paris, Didot jeune*, 1799. 7 vol. in-8 et atlas in-4, d. v. bleu.

207. Leonis Allatii liber de patria Homeri. *Lugd.*, 1640, in-8, bas.

208. Titi Livii historiæ. *Parisiis*, 1625, in-fol. vélin.

209. Taciti Annalium libri XX. *Basileæ*, *Froben*, 1544, in-fol. bas.

210. Opere di Tacito, tradotte da B. Davanzati. *Parigi*, 1760, 2 vol. in-12, v. fauve.

211. Suetonii Tranquilli duodecm Cæsares. *Lugd.*, 1548, in-fol. v. br.

212. Suetonius, ex recensione Grævii. *Traj. ad Rh.*, 1672, in-4, v. br.

213. Histoire des douze Césars de Suétone, traduite, avec le texte en regard, par Ophellot de La Pause (De Lisle de Salles). *Paris*, 1771, 4 vol. in-8, v. m.

214. Considérations sur les causes de la grandeur des Romains et de leur décadence (par Montesquieu). *Amst.*, 1734, pet. in-8, v. br.

215. Histoire romaine, par Poirson. 1825, 2 vol. in-8, br.

## HISTOIRE MODERNE.

216. Abrégé de l'histoire générale des temps modernes, par Ragon. *Paris*, 1824. 3 vol. in-8, br. — Précis de l'histoire du moyen âge, par Desmichels. 1828, in-8, d.-rel.

217. Abrégé chronologique de l'histoire de France, par le président Hénault, augmentée par Walckenaer. *Paris*, 1821, 6 vol. in-8, br.

218. Précis de l'histoire des Français, par Simonde de Sismondi. *Paris*, 1839-44, 3 vol. in-8, d. v. fauve.

219. Recueil des rois de France, leur couronne et maison, par Du Tillet. *Paris*, 1602, in-4, parch. (*Fig. sur bois.*)

220. Considérations sur la France (par Joseph de Maistre). *Londres*, 1797, in-8, v. éc.

**221.** Histoire de la milice française, par le P. Daniel. *Paris*, 1721, 2 vol. in-4, v. m. fig.

**222.** Des Cérémonies du sacre, par C. Leber. *Paris*, 1825, in-8, d.-rel. 48 planches.

**223.** Dissertations lues à l'Académie de Caen sur l'existence de la noblesse de France; sur les moyens par lesquels on a pu, jusqu'au xvi᷊ siècle, s'anoblir soi-même en France ; sur le gentilhomme de nom et d'armes, par Labbey de la Roque. *Caen,* 1820, in-8, br.

**224.** Commentaire sur les enseignes de guerre des principales nations, par Cl. Beneton. *Paris*, 1742, in-12, v. — Traité des marques nationales, par Beneton de Morange. 1736, in-12, v.

**225.** Collection des Mémoires relatifs à l'histoire de France, jusqu'au xiii᷊ siècle, avec une introduction et des notes, par M. Guizot. *Paris,* 1823 à 1835, 31 vol. in-8, br.

**226.** Collection des Mémoires relatifs à l'histoire de France, avec des notices et des observations, par Petitot, 1ʳᵉ série. *Paris, Foucault,* 1819 et années suivantes, 52 tomes en 53 vol. in-8. — Seconde série. *Paris, Foucault,* 1824 et années suivantes, 78 tomes en 79 vol. in-8, brochés.

**227.** Collection des chroniques nationales françaises, écrites en langue vulgaire, du xiii᷊ au xvi᷊ siècle, avec des notes, par Buchon. *Paris, Verdière,* 1826 à 1828, 47 vol. in-8, brochés.

**228.** Histoire de l'ancien gouvernement de la France, par le comte de Boulainvilliers. *La Haye,* 1727, 3 vol. in-12, v.

**229.** Augustin Thierry. Récits des temps mérovingiens. — Dix Ans d'études historiques. — Essai sur l'hist. des progrès du tiers état. *Paris, Furne,* 1853-59, 3 vol. gr. in-8, br.

230. La Noblesse de France aux croisades, publié par P. Roger. *Paris, Derache et Dumoulin,* 1845, gr. in-8, fig. d.-rel.

231. Les Aventures du baron de Fœneste, par Théod. Agrippa d'Aubigné. *Cologne,* 1729, 2 vol. pet. in-8, bas.

232. Histoire de Bertrand du Guesclin, connestable de France, par messire P. Hay, seigneur du Châtelet. *Paris,* 1666, in-fol. v. br.

233. Histoire du chevalier Bayard, lieutenant général pour le roy au gouvernement du Daulphiné, et de plusieurs choses mémorables advenues en France sous les règnes de Charles VIII, Louis XII et François I$^{er}$, par Théodore Godefroy. *Paris,* 1616, pet. in-4, bas.

234. Commentaire de l'estat de la religion et république sous lez roys Henry et François seconds et Charles neuvième (par le président de La Place). 1565, pet. in-8, parch.

235. Mémoires de la minorité de Louis XIV ( par le duc de La Rochefoucauld). *Amst.,* 1723, 2 tomes en 1 vol. pet. in-12, cart.

236. Mémoires complets et authentiques du duc de Saint-Simon, sur le siècle de Louis XIV et la régence. *Paris, Sautelet,* 1829, 21 vol. in-8, br.

237. Hist. de la Révolution française, par M. Thiers. *Paris,* 1834, 10 vol. in-8. fig. d.-rel.

238. Journal de l'anarchie, de la terreur et du despotisme. *Paris, Delaunay et Dentu,* 1821, 3 vol. in-18, bas.

239. Recueil de pièces sur la Révolution française. 23 vol. in-8. cartonnés.

Ce recueil, composé de 180 pièces environ, contient : Crimes envers le Roi et la Nation. — Confession de Mirabeau. — Confession générale d'un député du côté gauche. —Conspiration de Philippe d'Orléans. — De par la mère Duchesne. — Domine, salvum fac regem. — Eau à la bouche et la pelle au c**. — La Lanterne magique nationale. — La Perte de la noblesse. — La Prise des Annonciades.—La Puce à l'Oreille.—Le Martyrologue.—Le Réveil

de M. Suleau.—Les Crimes de l'Assemblée nationale.—Les Crimes de Paris.
—Les Forfaits.—Les Intrigues dévoilées.—Mémoires secrets de Mirabeau.
—Mort, testament et enterrement de M^me Target.—Notes sur la Bastille, etc.

240. Mémoires de Sénart, agent du gouvernement révolutionnaire. *Paris,* 1824, in-8, bas.

241. Vie politique de tous les députés à la Convention nationale, par Robert, avocat. *Paris*, 1814, in-8, bas. — Accusation contre le duc Decazes, par Clausel de Coussorges. 1820, in-8, bas.

242. Les Ombres, ou les Vivants qui sont morts, fantasmagorie littéraire. Almanach pour l'an **X**. *Paris*, 1801, in-12, fig. br.

243. Mémoire du comte Miot de Mélito. *Paris*, 1858, 3 vol. in-8, br.

244. Histoire de Napoléon et de la grande armée pendant l'année 1812, par le général comte de Ségur. *Baudouin*, 1825, 2 vol. in-8, fig. v. bleu, dent. (*Simier.*)

245. Histoire de la guerre de la Péninsule sous Napoléon, par le général Foy. *Baudouin*, 1827, 4 v. in-8, d. v. vert.

246. Mémorial de Sainte-Hélène, par le comte de Las-Casas. *Paris*, 1824, 8 vol. in-12, br.

247. Études historiques, politiques et morales sur l'état de la société au milieu du XIX^e siècle, par le prince de Polignac. — Réponse à mes adversaires, par le même. *Paris, Dentu*, 1845-46, 2 vol. gr. in-8, br.

248. Histoire de dix ans, par Louis Blanc. *Paris*, 1841, 5 vol. in-8, d.-rel.

249. L'Expédition de Rome en 1849, par Léopold de Gaillard. *Paris, Lecoffre*, 1861, in-8, br.

250. Histoire politique et statistique de l'Aquitaine, par de Verneilh-Puirabeau. *Paris*, 1822-27, 3 v. in-8, d. r.

251. Histoire des ducs de Bourgogne, par M. de Barante. *Paris*, 1826, 11 tomes en 10 vol. in-8, bas.

252. Recherches historiques sur la Bretagne, par Maudet de Penhouet. 1re partie. *Nantes*, 1814, in-4, fig., br.

253. Essai sur des monuments armoricains qui se voient sur la côte méridionale du département du Morbihan. *Nantes*, 1805, brochure in-4, fig., 44 pages.

254. Histoire des conquêtes des Normands en Italie, en Sicile et en Grèce, par Gauttier d'Arc. *Paris*, 1830, in-8, et atlas in-4, d.-rel.

255. Extrait des chartes et autres actes normands ou anglo-normands qui se trouvent dans les archives du Calvados, par Léchaudé d'Anisy. *Caen*, 1834, in-8, br.

256. Extrait du registre des devis, confiscations, maintenues et autres actes faits dans le duché de Normandie, de 1418 à 1420, par Henri V, roi d'Angleterre, par Ch. Vautier. *Paris*, 1828, in-12, br.

257. Les Recherches et antiquitez de la province de Neustrie, à présent duché de Normandie, comme des villes remarquables d'icelle, par Charles de Bourgueville, nouvelle édition. *Caen*, 1833, gr. in-8, br.

258. Siége et prise de Caen par les Anglais, en 1417, par Léon Puiseux. *Caen*, 1858, in-8, br.

259. Essais et nouveaux essais historiques sur Caen, par l'abbé de La Rue. *Caen*, 1820 et 1842, 4 vol. in-8, d.-rel. (*Fig. et portrait.*)

260. Esquisses sur les châteaux, la terre et les jardins de Navarre, par M. d'Avennes. *Rouen*, 1839, 2 vol. in-8, gr. pap. vélin, br. (*Figures et plan.*)

261. Histoire des comtes de Tolose, par G. Catel, avec leurs pourtraicts tirez d'un vieux livre manuscrit gascon. *Tolose*, 1623, in-fol. vélin. (*Titre gravé et dix planches.*)

262. Le Havre sous le gouvernement du duc de Saint-Aignan. (1719-1776). Etude historique par Guislain-Lemale. — Notices biogr. sur les ducs Fr. et H. de Saint-Aignan, par le même. *Havre*, 1860, 2 vol. gr. in-8, br.

263. Histoire de la ville de Vienne durant l'époque gauloise, par Mermet. *Paris, F. Didot*, 1828, in-8, d.-rel.

264. Histoire de Humbert II, dauphin de Viennois, par Guy-Allard. *Grenoble, s. d.*, in-12. v. br.

265. Polydori Virgilii historia anglica. *Lugd.-Batav.*, 1651, in-8, vélin.

266. Histoire de la conquête de l'Angleterre par les Normands, par Augustin Thierry. *Paris*, 1825, 3 vol. in-8, br.

267. Miscellanea historica regni Bohemiæ, autore Bohuslao Balbino, e societate Jesu. *Pragæ*, 1679-83 et 1687, 3 vol. in-fol., maroq. rouge. (*Anc. reliure.*)

268. J. Dlugossi seu Longini historiæ polonicæ libri XII. *Lips.*, 1711, 2 vol. in-fol. (*Exemplaire de Soubise.*)

269. La Monarchie aristo-démocratique, ou le Gouvernement composé de trois formes de légitimes républiques aux états généraux des Pays-Bas, par Loys de Mayenne Turquet. *Paris*, 1611, in-4, parch.

270. Histoire de la guerre de l'indépendance des Etats-Unis, par Odet-Julien Leboucher. *Paris*, 1830, 2 vol. in-8,.et atlas in-4, d.-rel.

271. Des Colonies, et particulièrement de celle de Saint-Domingue, par Malenfant. *Paris*, 1814, in-8, bas.

272. Mémoires du baron de Tott sur les Turcs et les Tartares. *Amst.*, 1785, 2 vol. in-4, fig. v. m.

**273.** Description de l'Egypte, ou Recueil des observations et des recherches faites en Egypte pendant l'expédition de l'armée française. *Paris, Imp. impér.,* 1809-13, et *Imp. royale,* 1818 à 1828, 9 vol. in-fol. de texte, plus un dixième vol. in-fol. atlant. pour la préface et l'explication des planches ; 10 vol. in-fol. atlant. pour les planches, et 3 vol. in-fol. grand aigle pour les planches d'une très-grande dimension, le tout en demi-rel. dos de veau, n. r.

Quelques planches sont coloriées.

## NOBLESSE, ETC.

**274.** Histoire de l'ordre royal et militaire de Saint-Louis, depuis 1693 jusqu'en 1830, par Alexandre Mazas et Théodore Anne. *Paris, F. Didot,* 1860-61, 3 vol. gr. in-8, br.

**275.** Histoire de l'ordre du Saint-Esprit, par de Sainte-Foix. *Paris,* 1767, 3 vol. in-12, v.

**276.** La Science du blason, accompagnée d'un armorial des familles nobles de l'Europe, publiée par M. de Magny. *Paris,* 1860, gr. in-8, br. (*Frontispices et blasons.*)

**277.** La Science héroïque, traitant de la noblesse et de l'origine des armes, par Marc de Vulson, sieur de la Colombière. *Paris, Séb. Cramoisy,* 1669, in-fol. v. br. (*Blasons.*)

**278.** Histoire généalogique et chronologique de la maison royale de France, par le P. Anselme. *Paris,* 1726-33, 9 vol. in-fol., v. m. fil. (*Aux armes de madame de Pompadour.*)

**279.** Ghevillard. Nobiliaire de Normandie, contenant les noms, qualitez et blasons de tous les nobles de cette province. *Se vend à Paris chez l'auteur,* in-fol. cart. frontispice et 26 tableaux.

Exemplaire de premier tirage. Le volume contient 2437 blasons des familles nobles en 1666.

280. Nobiliaire de Normandie, publié par une société de généalogistes, sous la direction de M. de Magny. *Paris*, 1862-64, 2 vol. gr. in-8, br. (*Blasons.*)

281. DICTIONNAIRE DES ANOBLISSEMENTS, ou Recueil des lettres de noblesse depuis leur origine, tiré des registres de la chambre des comptes et de la cour des aides. *Paris*, 1788, 2 vol. in-8, br. n. r.(*Rare.*)

282. Histoire généalogique de la maison royale de Courtenay, par Du Bouchet. *Paris*, 1661, in-fol. fig. v. br.

283. Recherches de Montfaut, contenant les noms de ceux qu'il trouva nobles et de ceux qu'il imposa à la taille, en 1463, par Labbey de la Roque. *Caen*, 1818, in-8, br. (*Avec supplément.*)

284. Encyclopédie de l'antiquité, ou Origine des sciences et des arts chez les anciens, par Girault-Duvivier. *Paris*, 1829, 4 vol. in-8, d.-rel.

285. Dictionnaire classique des noms propres de l'antiquité sacrée et profane, par Bouillet. *Paris*, 1828, 2 vol. in-8, d. v. bleu.

286. Iconographie grecque et romaine, par Ennius-Quirinus Visconti. *Paris, P. Didot l'aîné,* 1808 et années suivantes. 6 vol. gr. in-fol. d.-rel., dos de maroq. r. fig.

287. Dictionnaire des antiquités romaines, extrait de Pitiscus par Barral. *Paris*, 1765, 2 vol. in-8, d. v.

288. Traité des embaumements selon les anciens et les modernes, par Pénicher. *Paris,* 1699, in-12, v.

289. J. Arntzenii dissertationes de colore et tinctura comarum et de civitate romana Apost. Pauli. *Traj. ad Rh.*, 1725, pet. in-8, v. fil.

290. Traité contre le luxe des coiffures (par Des Vassets). *Paris*, 1694, in-12, v. — Eloge des per-

ruques, par le docteur Akerlio. *Maradan*, 1799, in-12, v. m.

291. Correspondance littéraire de Grimm et de Diderot, de 1753 à 1790. *Paris, Furne*, 1829-31, 16 vol. in-8, br.

292. Dictionnaire des origines, découvertes et inventions (par Sabatier de Castres et autres). *Paris*, 1777, 3 vol. in-8, d. v. r.

293. OEuvres complètes de Brantôme. *Paris, Foucault*, 1822, 8 vol. in-8, br.

294. Mémoires de la vie du maréchal de Vieilleville, par Vincent Carloix. *Paris*, 1757, 5 vol. pet. in-8, v. m. (*Portrait.*)

# SUPPLÉMENT.

295. Traité de la situation du Paradis terrestre (par Huet). *Paris,* 1691, in-12, v. br.

296. Recherches sur la nature du feu de l'Enfer et du lieu où il est situé ,par Swinden, trad. de l'anglais par Bion. *Amst.*, 1757, in-12, v. fig.

297. Traité des talismans ou figures astrales. *Paris*, 1671. — La Poudre de sympathie justifiée. — Apologie du grand œuvre, ou Elixir des philosophes. *Paris*, 1659. — 3 traités en 1 vol. in-12, v. gr.

298. Le Tombeau de la pauvreté, dans lequel il est question de la transmutation des métaux (par d'Atremont), in-12, rel.

299. Le Comte de Gabalis, ou Entretiens sur les sciences secrètes. *Paris, Cl. Barbin*, 1670, in-12, v. f.

300. L'Hospital des fols incurables, où sont deduictes de point en point toutes les folies et les maladies d'esprit, tant des hommes que des femmes, tiré de l'italien de Garzoni, et mis en langue françoise par Fr. de Clarier, sieur de Longval. *Paris, Julliot,* 1620, pet. in-8, cuir de Russie, tr. dor.

301. Ovidii Nasonis opera. *Amst., Blaeu*, 1649, 3 vol. pet. in-12, v. br.

302. Les Saisons, poëme, trad. de l'anglais de Thomson (par M^me Bontemps). *Paris*, 1759, in-12, v. rac. (*Figures d'Eisen.*)

303. Petronii Satyricon. *Parisiis, Audinet*, 1677, in-12, v. br. front. gravé.

304. L'Éloge de la Folie, trad. du latin d'Érasme, par Barrett. *Paris*, 1789, in-12, rel. (*Figures.*)

305. Mémoires de Pierre-François Prodez, marquis d'Almacheu. *Amst.* (*A la Sphère*), 1677, 2 tomes en 1 vol. in-12, mar. v. fil. tr. dor.

Rare. Ces Mémoires ne sont qu'un roman.

306. Candide, ou l'Optimisme, trad. de l'allem. du D^r Ralph (par Voltaire), 1759, in-12, v. (299 pages.)

Édition originale.

307. Margot la Ravaudeuse, par M. de M. *Hambourg*, 1777, in-12. d.-rel. mar.

308. L'Honnête Femme, par Louis Veuillot. *Paris,* 1844, 2 vol. in-12. d.-rel. v. f.

309. Véron. Cinq cent mille livres de rente. 1856, in-12, d.-rel. — Le Grand Monde russe. 1854, in-12, d.-rel. mar.

310. Menagiana. *Paris*, 1693, in-12, v. br.

Édition originale.

311. Valesiana, ou les Pensées de M. de Valois. *Paris*, 1695, in-12, cart. — Furetiana, 1696, in-12, v. br. — Huetiana, 1722, in-12, v. br.

312. Réflexions sur les grands hommes qui sont morts en plaisantant. *Amst.*, 1758, in-12, br.

313. (Le P. Bougeant.) Amusement philosophique sur le langage des bestes. *Paris*, 1739, pet. in-8, v. ant. fil. tr. dor.

314. Les Entretiens galants d'Aristippe et d'Axiane, contenant le Dialogue du fard et des mouches, des t*** et leur panégyrique, d'un grand miroir, du masque et des gants. *Paris, Barbin*, 1664, in-12, mar. La Vall. fil. tr. dor.

> Volume rare et curieux.

315. Le Moine sécularisé. *Cologne, Pierre du Marteau*, 1678, in-12, d.-rel. dos et coins de mar. r. (*Fr. gravé.*)

316. Le Courrier de Pluton. *Cologne, Pierre Marteau*, 1695, in-12, v. vert, fers à froid, front. gr.

317. La Berlue (par Poinsinet de Sivry). *Londres*, 1773, pet in-8, d.-rel. et rogn.

318. Le Livre à la mode *à verte feuille* (imprimé en vert). — Le Livre à la mode *en Europe* (impr. en rouge). 2 ouvrages en 1 vol. in-12, d.-rel. mar. r.

> Attribué à Carracioli.

319. Histoire des Juifs et des peuples voisins, par Prideaux. *Amst.*, 1728, 6 vol. in-12, v. (*Rel. non uniforme.*)

320. L'État du siége de Rome, ses papes, leurs familles, etc. *Cologne, Pierre Marteau*, 1707, 3 tomes en 1 vol. in-12, v. gr. (*Front. gravé.*)

321. L. Veuillot. Le Droit du seigneur au moyen âge. *Paris, Vivès*, 1854, in-12, d.-rel. v. f. — Réponse d'un campagnard à un Parisien, ou Réfutation du livre de M. Veuillot sur le droit du seigneur, par Delpit. *Paris*, 1857, in-8, br.

322. Mémoires de Monsieur de Beauvais-Nangis, ou l'Histoire des favoris françois, depuis Henri II jusqu'à Louis XIII. *Paris*, 1665, in-12, v. br.

323. Bref Discours et véritable des choses les plus
notables arrivées au siége mémorable de la ville
de Paris, par Pierre Corneio. *Paris, Didier Millot,*
1590, in-8, d.-rel. n. rogn.

> Réimpression.

324. La Conjuration de Conchine, ou l'Histoire des
mouvemens derniers. *Paris,* 1619, pet. in-8, vél.
tr. dor. (*Piqûres.*)

325. Éloges et discours sur la triomphante entrée
du roi en sa ville de Paris, après la réduction de
la Rochelle. *Paris,* 1629, in-fol. d.-rel. (*Piqûres.*)

> Manque 1 feuillet et la grande planche.

326. Carte géographique de la cour, et autres ga-
lanteries, par Rabutin. *Cologne, Pierre Marteau,*
1668, pet. in-12, v. f. (*Rel. fat.*)

327. Histoire de madame la marquise de Pompadour. *S. d.,* in-12, d.-rel. v. f.

> Le titre manque.

328. Anecdotes sur madame la comtesse du Barry.
*A la cour,* 1777, 2 vol. in-12, v. — Remarques
sur les anecdotes de madame la comtesse du
Barry (par Sarah Goudar). *Londres,* 1777, in-12,
d.-rel. v. f.

329. Mémoires de madame (Chardon), contenant
les motifs de sa conversion à la religion catholique. *Paris,* 1755, in-12, mar. r. fil. tr. dor. (*Anc.
rel.*)

330. Mémoires de M. le duc de Choiseul, écrits
par lui-même. *Chanteloup,* 1790, in-12, v. ant.

331. La Science des médailles (par Jobert). *Paris,*
1739, 2 vol. in-12, v. (*Figures.*)

332. L'Enfer du bibliophile, par Asselineau. *Paris,
Tardieu,* 1860, in-12, d.-rel. mar. v.

RED. :

18

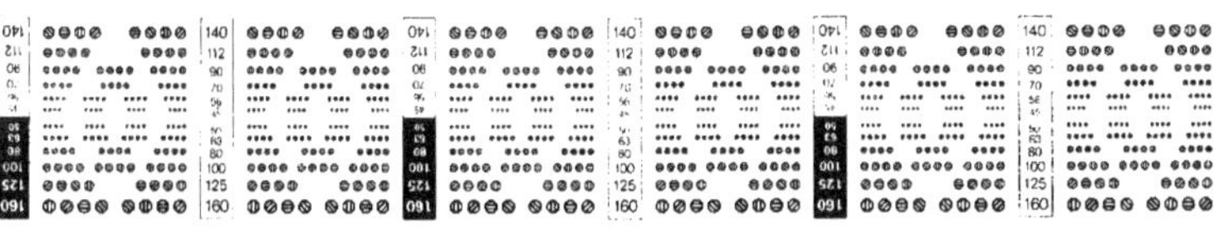


graphicom
379 89 70

0 1 2 3 4 5 6 7 8 9 10

MIRE ISO N° 1
NF Z 43-007
AFNOR
Cedex 7 - 92080 PARIS-LA-DÉFENSE

# BIBLIOTHEQUE
# NATIONALE
# DE FRANCE

****

# CHATEAU
# DE
# SABLE
# 1995